비단강을 건너다

비 오는 강물
건너서

인쇄일 | 2009년 11월 26일
발행일 | 2009년 12월 10일

글 | 나태주   사진 | 김혜식
펴낸이 | 김선기   펴낸곳 | 주식회사 푸른길
출판등록 | 1996년 4월 12일 제16-1292호
주소 | 서울시 서초구 방배동 1001-9 우진빌딩 3층
전화 | 523-2009   팩스 | 523-2951   이메일 | pur456@kornet.net
홈페이지 | www.purungil.com / www.푸른길.kr
ISBN | 978-89-6291-120-6 03810

비단강을 건너다

글 나태주 | 사진 김혜식

푸른길

그랬더니 사랑하게 되었다

김 혜 식

나태주 선생님으로부터 한 묶음의 시를 받고 그날로 사진을 추리기 시작했다. 사진과 잘 어울리는 단 세 줄의 감동의 시를 만났기 때문이다. '자세히 보아야 예쁘다. 오래보아야 사랑스럽다. 너도 그렇다.' 행간마다 꽃이 피어 있었다. 행간이 아니라 꽃의 간격이었다. 사진과 시를 번갈아 보며 주제로 정한 비단강을 사이에 두고 넘실대며 흐르는 강을 보았다. 밤을 새워 가며 건넜다. 꽃의 간격을 건넜다.

오히려 공주 사람들은 공주를 모른다. 안에서 안을 보는 일이 쉽지 않기 때문일 게다. 떠나가서야 못내 그리워하게 되는 곳, 공주는 그리움 속에서 비단처럼 아름다워진다. 이럴 때 공주는 비단강이란 이름이 참 제격이다. 그렇게 고향이란 밖에서 더 절실하고 빛이 난다. 나태주 선생님과 나는 흘러 들어온 사람들이다. 아니 슬며시 좋아져서 뿌리를 내린 사람들이다.

하릴없는 듯, 안에서 비단강이나 자세히 보며 살았다. 오래 보게 되었다. 그랬더니 사랑하게 되었다. 공주에 살고 있으나 비단강을 보지 못하는 사람은 자세히, 오래 바라보기를 권한다. 공주를 떠나 그리움을 품은 사람 또한 가슴 속에 비단강 한 줄 흐르길 바라는 마음이다. 비단강을 좋아하는 모든 이들에게 시 한 편을 읽어 주는 마음으로 사진을 묶는다. 사진과 시 사이에 비단강을 튼다.

도시 가운데 강을 둔다는 것은 나뉘는 것이 아니라 건너간다는 의미를 건제로 한다. 삶에 다리를 만들고 사람과 마음을 주고받는 교감을 예감한다. 어떻게 건널 것인가. 늘 연습을 하며 산다고 해도 틀린 말이 아니겠다. 많이 건너 본 사람, 그래서인지 시는 읽을수록 따듯하다. 훈훈한 마음으로 사진을 묶어 들고 시 곁에 서 본다. 시를 건너 사진으로 가는 맛은 어떨까, 비단강을 건너가 본다. 함께 따듯하길 바란다.

* 비단강은 금강을 말한다. 비단을 펼쳐 놓은 것처럼 아름답다 하여 붙여진 이름으로 금강을 사랑하는 마음이 많은 사람일수록 비단강이라 부르길 좋아한다.

강 건너, 강 건너란 말 속에는

아름다움이 살고 있다.

그 아름다움을 따라 나서면

어여쁜 꽃, 유순한 웃음의 사람도

만날 수 있을 것만 같다.

비단강 1

비단강이 비단강임은
많은 강을 돌아보고 나서야
비로소 알겠습디다

그대가 내게 소중한 사람임은
더 많은 사람들을 만나고 나서야
비로소 알겠습디다

백 년을 가는
사람 목숨이 어디 있으며
오십 년을 가는
사람 사랑이 어디 있으랴……

오늘도 나는
강가를 지나며
되뇌어 봅니다.

비단강 2

강물은 흘러서 끝이 없고
목숨은 변하여 사라져 간다
하늘에 나는 새
들에 자는 새
보아라
실어 나르고 실어 날라도
바닥나지 않는 우리네
눈물과 기쁨
날 어둡자 강물엔 별이 잠기고
내 가슴엔 그대 눈썹이 뜬다.

비단강 3

처음 만날 땐 낯설고 숫스러워
안개 속에 알몸을 누이고 있더니
헤어질 땐 그도 섭섭하여
저녁 햇살로 눈물 반짝이고 있었네

정말로 강물은 흘러서 끝이 없고
사람 마음은 변하여 자취 없는가……
내 얼마나 오랫동안 그를 스치며
그로부터 위로를 받았던가……

강물은 언제나 나에게
부드러운 누이였고
나는 그의 철없이 보채는
언제나 선머스매 아우였네.

강물과 나는

맑은 날
강가에 나아가
바가지로
강물에 비친
하늘 한 자락
떠올렸습니다

물고기 몇 마리
흰구름 한 송이
새소리도 몇 움큼
건져 올렸습니다

한참동안 그것들을
가지고 돌아오다가
생각해보니
아무래도 믿음이
서지 않았습니다

이것들을
기르다가 공연스레
죽이기라도 하면
어떻게 하나

나는 걸음을 돌려
다시 강가로 나아가
그것들을 강물에
풀어 넣었습니다

물고기와 흰구름과
새소리 모두
강물에게
돌려주었습니다

그 날부터
강물과 나는
친구가 되었습니다.

사랑

사랑할까봐 겁나요, 당신
언젠가 당신 미워할지도 모르고
헤어질지도 몰라서지요

미워할까 겁나요, 당신
미워하는 마음 옹이가 되어 내가
나를 더 미워할 것만 같아서지요

이제는 당신 사랑하지 않는 것이
나의 사랑이어요.

겨울 흰구름 1

아직은 떠나갈 곳이
쬐끔은 남아 있을 듯 싶어,
아직은 떠나온 길목들이
많이는 그립게 생각날 듯 싶어,
초겨울 하늘 구름 바라 섰는 마음.

단발머리 시절엔
나 이담에 죽으면 꼭 흰구름이 되어야지,
낱낱이 그늘 없는 흰구름 되어
어디든 마음껏 떠 다녀야지,
그게 더도 말고 단 하나의 꿈이었어요.
그렇게 흰구름이 좋았던 거예요.

허나, 이제 남의 아내 되어
무릎도 시리고 어깨도 아프다는 그대여.
어찌노?
이렇게 함께 서서 걸어도
그냥 섭섭한 우리는 흰구름인 걸,
그냥 멀기만 한 그대는
안쓰러운 내 처녀, 겨울 흰구름인 걸…….

사랑이여 조그만 사랑이여 45

외롭다고 생각할 때일수록
혼자이기를,

말하고 싶은 말이 많은 때일수록
말을 삼가기를,

울고 싶은 생각이 깊을수록
울음을 안으로 곱게 삭이기를,

꿈꾸고 꿈꾸노니—

많은 사람들로부터 빠져나와
키 큰 미루나무 옆에 서 보고
혼자 고개 숙여 산길을 걷게 하소서.

사랑이여 조그만 사랑이여 38

남몰래 혼자 부르고 싶은 이름을
가졌다는 것은
황홀하도록 기쁜 일이다.

남몰래 혼자 생각하고픈 사람을
가졌다는 것은
슬프도록 기쁜 일이다.

나 혼자만 생각하다가 잠이 들고
나 혼자만 생각하다가 잠이 깨고픈
사람을 갖는다는 건
행복하도록 외로운 일이다.

나를 산의 나무, 들의 풀이라
불러다오
내 몸의 어디를 건드리든지
푸른 풀물 향그런 나무 내음이
번질 것만 같지 않느냐!

나를 조그만 북이라고
불러다오.
내 몸의 어디를 건드리든지
두둥둥둥 두둥둥둥
북소리가 울릴 것만 같지 않느냐!

내가 사랑하는 계절

내가 제일로 좋아하는 달은
십일월이다
더 여유 있게 잡는다면
십일월에서 십이월 중순까지다

낙엽 져 홀몸으로 서 있는 나무
나무들이 깨금발을 딛고 선 등성이
그 등성이에 햇빛 비쳐 드러난
황토 흙의 알몸을
좋아하는 것이다

황토 흙 속에는
시제時祭 지내러 갔다가
막걸리 두어 잔에 취해
콧노래 함께 돌아오는
아버지의 비틀걸음이 들어 있다

어린 형제들이랑
돌담 모퉁이에 기대어 서서 아버지가
가져오는 봉송封送 꾸러미를 기다리던
해 저물녘 한 때의 굴품한* 시간들이
숨쉬고 있다

아니다 황토 흙 속에는
끼니 대신으로 어머니가
무쇠 솥에 찌는 고구마의
구수한 내음새 아스므레
아지랑이가 스며 있다

내가 제일로 좋아하는 계절은
낙엽 져 나무 밑둥까지 드러나 보이는
늦가을부터 초겨울까지다
그 솔직함과 청결함과 겸허를
못 견디게 사랑하는 것이다.

* 굴품한 : '배가 고픈 듯한', '시장기가
　　　　드는 듯한'의 충청도 방언.

사랑이여 조그만 사랑이여 30

우리가 마주 앉아
웃으며 이야기하던
그 나무에는
우리들의 숨결과
우리들의 웃음 소리와
우리들의 이야기 소리가
스며 있어서,
스며 있어서,

우리가 그 나무 아래를 떠난 뒤에도,
우리가 그 나무 아래에서
웃으며 이야기했다는 사실조차
까마득 잊은 뒤에도,

해마다 봄이 되면 그 나무는
우리들의 웃음 소리와
우리들의 숨결과 말소리를 되받아
싱싱하고 푸른 새 잎으로 피울 것이다.

서로 어우러져 사람들보다 더
스스럼없이 떠들고 웃고 까르륵대며
즐거워하고 있을 것이다.
볼을 부비며 살을 부비며 어우러져
기쁨을 나누고 있을 것이다.

27

멀리까지 보이는 날

숨을 들이쉰다
초록의 들판 끝 미루나무
한 그루가 끌려들어온다

숨을 더욱 깊이 들이쉰다
미루나무 잎새에 반짝이는
햇빛이 들어오고 사르락 사르락
작은 바다 물결 소리까지
끌려들어온다

숨을 내어쉰다
뻐꾸기 울음 소리
꾀꼬리 울음 소리가
쓸려나아간다

숨을 더욱 멀리 내어쉰다
마을 하나 비 맞아 우거진
봉숭아꽃나무 수풀까지
쓸려 나아가고 조그만 산 하나
우뚝 다가와 선다

산 위에 두둥실 떠 있는
흰구름, 저 녀석
조금 전까지만 해도 내 몸 안에서
뛰어 놀던 바로 그 숨결이다.

사랑은 혼자서

사랑은 여럿이가 아니라
혼자서 쓸쓸한 생각
저무는 저녁 해
그리고 깜깜한 어둠
사랑은 둘이 아니라
혼자서 푸르른 산맥
흐르는 시내
그리고 풀벌레 울음
사랑은 너와 함께가 아니라
혼자서 이루는 약속
머나먼 내일
그리고 이별과 망각.

배회

1

사랑하는 사람아, 너는 모를 것이다.
이렇게 멀리 떨어진 변방의 둘레를 돌면서
내가 얼마나 너를 생각하고 있는가를.

사랑하는 사람아, 너는 까마득 짐작도 못할 것이다.
겨울 저수지의 외곽길을 돌면서
맑은 물낯에 산을 한 채 비쳐보고
겨울 흰구름 몇 송이 띄워보고
볼우물 곱게 웃음 웃는 너의 얼굴 또한
그 물낯에 비쳐보기도 하다가
이내 싱거워 돌멩이 하나 던져 깨뜨리고 마는
슬픈 나의 장난을.

2

솔바람 소리는 그늘조차 푸른빛이다.
솔바람 소리의 그늘에 들면 옷깃에도
푸른 옥빛 물감이 들 것만 같다.

사랑하는 사람아,
내가 너를 생각하는 마음조차 그만
포로소름 옥빛 물감이 들고 만다면
어찌겠느냐 어찌겠느냐.

솔바람 소리 속에는
자수정 빛 네 눈물 비린내 스며 있다.
솔바람 소리 속에는
비릿한 네 속살 내음새 묻어 있다.

사랑하는 사람아,
내가 너를 사랑하는 이 마음조차 그만
눈물 비린내에 스미고 만다면
어찌겠느냐 어찌겠느냐.

3

나는 지금도 네게로 가고 있다.
마른 갈꽃 내음 한 아름 가슴에 안고
살얼음에 버려진 골목길 저만큼
네모난 창문의 방안에 숨어서
나를 기다리는
빨강 치마 흰 버선 속의 따스한 너의 맨발을 찾아서.
네 열 개 발가락의 잘 다듬어진 발톱들 속으로.

지금도 나는 네게로 가고 있다.
마른 갈꽃송이 꺾어 한 아름 가슴에 안고
처마 밑에 정갈히 내건 한 초롱
네 처녀의 등불을 찾아서.
네 이쁜 배꼽의 한 접시 목마름 속으로
기뻐서 지줄대는 네 실핏줄의 노래들 속으로.

바람에게 묻는다

바람에게 묻는다
지금 그곳에는 여전히
꽃이 피었던가 달이 떴던가

바람에게 듣는다
내 그리운 사람 못 잊을 사람
아직도 나를 기다려
그곳에서 서성이고 있던가

내게 불러줬던 노래
아직도 혼자 부르며
울고 있던가.

물고기와 만나다

아침 물가에 은빛 물고기들 파닥파닥 뛰어올라
왜 은빛 몸뚱아리 하늘 속살에다
패대기를 쳐 대는지 알지 못했는데
한 사람을 사랑하면서부터 아, 저것들도
살아 있음이 좋아서 다만 좋아서 저러는 거구나
알게 되었지

저녁에도 그러하네
날 어두워져 하루의 밝음, 커튼이 닫히듯 사라져 가는데
왜 물고기 새끼들만 잠방잠방 소리하며 놀고 있는 건지
그것이 하루의 목숨 잘 살고 잠을 자러 가면서
안녕 안녕 물고기들의 저녁 인사란 것을
한 사람을 마음 깊이 잊지 못하면서 짐작하게 되었지

물고기들도 나처럼 누군가를 많이많이 좋아하고
사무치게 사랑해서 다만 그것이 기쁘고 좋아서 또 고마워서
그렇다는 걸 조금씩 알게 되었지.

들길을 걸으며

1
세상에 와 그대를 만난 건
내게 얼마나 행운이었나
그대 생각 내게 머물므로
나의 세상은 빛나는 세상이 됩니다
많고 많은 사람 중에 그대 한 사람
그대 생각 내게 머물므로
나의 세상은 따뜻한 세상이 됩니다.

2
어제도 들길을 걸으며
당신을 생각했습니다
오늘도 들길을 걸으며
당신을 생각했습니다
어제 내 발에 밟힌 풀잎이
오늘 새롭게 일어나
바람에 떨고 있는 걸
나는 봅니다
나도 당신 발에 밟히면서
새로워지는 풀잎이면 합니다
당신 앞에 여리게 떠는
풀잎이면 합니다.

거기 바로 거기서 당신

금강이 다른 강물과 많이 달라
굽이굽이 서러운 비단 필 풀어헤친 강물임을 알려면
적어도 공주 금강변 옛 미나리꽝 둑방길
지금은 새이학식당 그쯤이면 매우 좋겠다
그 집 이층 방 넓은 유리창 자리라면
더욱 좋겠다

자갈밭이며 갈대밭을 손톱으로
할퀴면서 흐르는 강물이 아니라
부드러운 모래밭을 혓바닥으로 찰방찰방
핥으면서 흐르는 강물이다
겉으로 결코 소리하지 않지만
안으로 더욱 뜨거워지고 깊어지는 강물이다

거기 바로 거기서 당신
하늘에 두둥실 흰구름을 만난다거나
강물 가에 백로 쫓고 있는 강아지라도
한 마리 만나게 된다면
당신의 인생도 그만큼 고즈넉해지고 향기로워졌음을
알게 되는 순간일 터이다.

하늘의 서쪽

하늘이 개짐을 풀어헤쳤나

비린내 두어 마지기
질펀하게 깔고 앉아
속눈썹 깜짝여 곁눈질이나 하고 있는
하늘의 서쪽

은근짜로 아주
은근짜로

새끼 밴 검정염소
울음 소리가 사라지고
절름발이 소금장수 다리 절며 돌아오던
구불텅한 논둑길이 사라지고

이젠 네가 사라져야 하고
내가 사라져줘야 할 차례다,
지금은 하늘과 땅이
살을 섞으며 진저리칠 때.

풀꽃

자세히 보아야
예쁘다

오래 보아야
사랑스럽다

너도 그렇다.

2

산 위에 두둥실 떠 있는

흰구름, 저 녀석

조금 전까지만 해도 내 몸 안에서

뛰어 놀던 바로 그 숨결이다.

떠나와서

떠나와서 그리워지는
한 강물이 있습니다
헤어지고 나서 보고파지는
한 사람이 있습니다
미루나무 새 잎새 나와
바람에 손을 흔들던 봄의 강가
눈물 반짝임으로 저물어가는
여름낮 저녁의 물비늘
혹은 겨울 안개 속에 해 떠오르고

서걱대는 갈대숲 기슭에
벗은 발로 헤엄치는 겨울 철새들
헤어지고 나서 보고파지는
한 사람이 있습니다
떠나와서 그리워지는
한 강물이 있습니다.

봄눈

들길에서 만난 비
마을길에 들어서자
굵은 눈발이 되어 있었다

어, 어, 어, 눈이
일어서서 이리로
걸어오네

무지개 서서
서리서리 무동 서서
폭포 되어 내리는 눈, 눈

앓지 마세요
십 년 전이던가
그보다도 훨씬 전이던가

나에게 전해주었던 말
눈송이 하나하나에 적어
오늘은 그대에게 돌려보낸다.

산수유꽃 진 자리

사랑한다, 나는 사랑을 가졌다
누구에겐가 말해주긴 해야 했는데
마음 놓고 말해줄 사람 없어
산수유꽃 옆에 와 무심히 중얼거린 소리
노랗게 핀 산수유꽃이 외워두었다가
따사로운 햇빛한테 들려주고
놀러온 산새에게 들려주고
시냇물 소리한테까지 들려주어
사랑한다, 나는 사랑을 가졌다
차마 이름까진 말해줄 수 없어 이름만 빼고
알려준 나의 말
여름 한 철 시냇물이 줄창 외우며 흘러가더니
이제 가을도 저물어 시냇물 소리도 입을 다물고
다만 산수유꽃 진 자리 산수유 열매들만
내리는 눈발 속에 더욱 예쁘고 붉습니다.

나무를 위한 예의

나무한테 찡그린 얼굴로 인사하지 마세요
나무한테 화낸 목소리로 말을 걸지 마세요
나무는 꾸중들을 일을 하나도 하지 않았답니다
나무는 화낼만한 일을 조금도 하지 않았답니다

나무네 가족의 가훈은 〈정직과 실천〉입니다
그리고 〈기다림〉이기도 합니다
봄이 되면 어김없이 싹을 내밀고 꽃을 피우고 또 열매 맺어 가을을 맞고
겨울이면 옷을 벗어버린 채 서서 봄을 기다릴 따름이지요

나무의 집은 하늘이고 땅이에요
그건 나무의 어머니 어머니, 어머니 때부터의 기인 역사이지요
그 무엇도 욕심껏 가지는 일이 없고 모아두는 일도 없답니다
있는 것만큼 고마워하고 받은 만큼 덜어낼 줄 안답니다

나무한테 속상한 얼굴을 보여주지 마세요
나무한테 어두운 목소리로 투정하지 마세요
그건 나무한테 하는 예의가 아니랍니다.

꽃 피우는 나무

좋은 경치 보았을 때
저 경치 못 보고 죽었다면
어찌했을까 걱정했고

좋은 음악 들었을 때
저 음악 못 듣고 세상 떴다면
어찌했을까 생각했지요

당신, 내게는 참 좋은 사람
만나지 못하고 이 세상 흘러갔다면
그 안타까움 어찌했을까요……

당신 앞에서는
나도 온몸이 근지러워
꽃 피우는 나무

지금 내 앞에 당신 마주 있고
당신과 나 사이 가득
음악의 강물이 일렁입니다

당신 등뒤로 썰렁한
잡목 숲도 이런 때는 참
아름다운 그림 나라입니다.

사는 일

1

오늘도 하루 잘 살았다
굽은 길은 굽게 가고
곧은 길은 곧게 가고

막판에는 나를 싣고
가기로 되어 있는 차가
제 시간보다 일찍 떠나는 바람에
걷지 않아도 좋은 길을 두어 시간
땀 흘리며 걷기도 했다

그러나 그것도 나쁘지 아니했다
걷지 않아도 좋은 길을 걸었으므로
만나지 못했을 뻔했던 싱그러운
바람도 만나고 수풀 사이
빨갛게 익은 멍석딸기도 만나고
해 저문 개울가 고기비늘 찍으러 온 물총새
물총새, 쪽빛 날갯짓도 보았으므로

이제 날 저물려 한다
길바닥을 떠돌던 바람은 잠잠해지고
새들도 머리를 숲으로 돌렸다
오늘도 하루 나는 이렇게
잘 살았다.

2

세상에 나를 던져보기로 한다
한 시간이나 두 시간

퇴근 버스를 놓친 날 아예
다음 차 기다리는 일을 포기해버리고
길바닥에 나를 놓아버리기로 한다

누가 나를 주워가 줄 것인가?
만약 주워가 준다면 얼마나 내가
나의 길을 줄였을 때
주워가 줄 것인가?

한 시간이나 두 시간
시험 삼아 세상 한복판에
나를 던져보기로 한다

나는 달리는 차들이 비껴 가는
길바닥의 작은 돌멩이.

순정

옮겨 심으면 어김없이 죽어버린다는 차나무나 양귀비

처음 발을 디딘 자리가 아니면 기꺼이 목숨까지 내어놓는
그 결연함

우리네 순정이란 것도 그런 게 아닐까?

처음 먹었던 마음 처음 가졌던 깨끗한 그리움
생애를 두고 바꾸어 갖지 않겠노라는 다짐

그것이 아닐까?

천천히 가는 시계

천천히, 천천히 가는
시계를 하나 가지고 싶다

수탉이 길게, 길게 울어서
아, 아침 먹을 때가 되었구나 생각을 하고
뻐꾸기가 재게, 재게 울어서
어, 점심 먹을 때가 지나갔군 느끼게 되고
부엉이가 느리게, 느리게 울어서
으흠, 저녁밥 지을 때가 되었군 깨닫게 되는
새의 울음 소리로만 돌아가는 시계

나팔꽃이 피어서
날이 밝은 것을 알고 또
연꽃이 피어서 해가 높이 뜬 것을 알고
분꽃이 피어서 구름 낀 날에도
해가 졌음을 짐작하게 하는
꽃의 향기로만 돌아가는 시계

나이도 먹을 만큼 먹어가고
시도 쓸 만큼 써보았으니
인제는 나도 천천히 돌아가는
시계 하나쯤 내 몸 속에
기르며 살고 싶다.

가을 서한 1

1

끝내 빈 손 들고 돌아온 가을아,
종이 기러기 한 마리 안 날아오는 비인 가을아,
내 마음까지 모두 주어버리고 난 지금
나는 또 그대에게 무엇을 주어야 할까 몰라.

2

새로 국화잎새 따다 수놓아
새로 창호지문 바르고 나면
방안 구석구석까지 밀려들어오는 저승의 햇살.
그것은 가난한 사람들만의 겨울 양식.

3

다시는 더 생각하지 않겠다,
다짐하고 내려오는 등성이에서
돌아보니 타닥타닥 영그는 가을 꽃씨 몇 움큼.
바람 속에 흩어지는 산 너머 기적 소리.

4

가을은 가고
남은 건
바바리코트 자락에 날리는 바람
때 묻은 와이셔츠 깃.

가을은 가고
남은 건
그대 만나러 가는 골목길에서의
내 휘파람 소리.

첫눈 내리는 날에
켜질
그대 창문의 등불빛
한 초롱.

삼월에 오는 눈

눈이라도 삼월에 오는 눈은
오면서 물이 되는 눈이다
어린 가지에
어린 뿌리에
눈물이 되어 젖는 눈이다
이제 늬들 차례야
잘 자라거라 잘 자라거라
물이 되며 속삭이는 눈이다.

사랑하는 마음 내게 있어도

사랑하는 마음
내게 있어도
사랑한다는 말
차마 건네지 못하고 삽니다
사랑한다는 그 말 끝까지
감당할 수 없기 때문

모진 마음
내게 있어도
모진 말
차마 하지 못하고 삽니다
나도 모진 말 남들한테 들으면
오래오래 잊혀지지 않기 때문

외롭고 슬픈 마음
내게 있어도
외롭고 슬프다는 말
차마 하지 못하고 삽니다
외롭고 슬픈 말 남들한테 들으면
나도 덩달아 외롭고 슬퍼지기 때문

사랑하는 마음을 아끼며
삽니다
모진 마음을 달래며
삽니다
될수록 외롭고 슬픈 마음을
숨기며 삽니다.

지상에서의 며칠

때 절은 조이 창문 흐릿한 달빛 한줌이었다가
바람 부는 들판의 키 큰 미루나무 잔가지 흔드는 바람이었다가
차마 소낙비일 수 있었을까? 겨우
옷자락이나 머리칼 적시는 이슬비였다가
기약 없이 찾아든 바닷가 민박집 문지방까지 밀려와
칭얼대는 파도 소리였다가
누군들 안 그러랴
잠시 머물고 떠나는 지상에서의 며칠, 이런 저런 일들
좋았노라 슬펐노라 고달팠노라
그대 만나 잠시 가슴 부풀고 설랬었지
그리고는 오래고 긴 적막과 애달픔과 기다림이 거기 있었지
가는 여름 새끼손톱에 스며든 봉숭아 빠알간 물감이었다가
잘려 나간 손톱조각에 어른대는 첫눈이었다가
눈물이 고여서였을까? 눈썹
깜짝이다가 눈썹 두어 번 깜짝이다가…….

그냥 멍청히

그냥 멍청히
앉아 있어도 좋은 산 하나
모두 변하는 세상에
변하지 않아서 좋은
돌멩이 하나
모두 흐르는 세상에
흐르지 않아서 맑은
샘물 하나
더러는 시골 담장 밑에 피어
웃음 짓는 일년초처럼
잊혀진 개울의 낡은 다리처럼
그냥 바라보아도
가슴 그득 좋아지는
나의 사람.

하오의 한 시간

바람을 안고 올랐다가
해를 안고 돌아오는 길

검정염소가
아무보고나
알은 체 운다

같이 가요
우리 같이 가요

지는 햇빛이
눈에 부시다.

부탁

너무 멀리까지는 가지 말아라
사랑아

모습 보이는 곳까지만
목소리 들리는 곳까지만 가거라

돌아오는 길 잊을까 걱정이다
사랑아.

다리 위에서

너는 바람 속에 피어
웃고 있는 가을꽃

눈을 감아 본다

흐르는 강물은 보이지 않고
키 큰 가로등도 보이지 않고
너의 맑은 이마도 보이지 않는다

그러나 여전히
강물은 흐르고
가로등 불빛은 밝고
너의 이마 또한 내 앞에 있었으리라

눈을 떠본다

너는 새로 돋아나기 시작하는
초저녁 밤별.

추억이 말하게 하라

가늘은
가늘은 길이 있었다고
길가에 오랑캐꽃
보랏빛 꽃 입술이 벌렁거리고 있었다고
줄지어 미루나무
새잎 나는 미루나무 서 있었다고

그리고
그리고 미루나무 위에
지절거리는 새들의 소리
리본처럼 얹혀서 휘날리고 있었다고

그리고 또
그리고 한 계집애가 있었다고
검고 긴 머리카락
나부끼는 블라우스
맑은 눈빛에 하늘이
파란 하늘빛이 겹쳐서 고여
일렁이고 있었다고

말하지 말고
당신이 나서서 말하지 말고 추억이
추억이 말하게 하라

말하지 말고
서둘러 서둘러서 말하지 말고 추억이
차근차근 말하게 하라.

돌멩이

흐르는 맑은 물결 속에 잠겨
보일 듯 말 듯 일렁이는
얼룩무늬 돌멩이 하나
돌아가는 길에 가져가야지
집어 올려 바위 위에
놓아두고 잠시
다른 볼일 보고 돌아와
찾으려니 도무지
어느 자리에 두었는지
찾을 수가 없다

혹시 그 돌멩이, 나 아니었을까?

대숲 아래서

1

바람은 구름을 몰고
구름은 생각을 몰고
다시 생각은 대숲을 몰고
대숲 아래 내 마음은 낙엽을 몬다.

2

밤새도록 댓잎에 별빛 어리듯
그슬린 등피에는 네 얼굴이 어리고
밤 깊어 대숲에는 후둑이다 가는 밤 소나기 소리.
그리고도 간간이 사운대다 가는 밤바람 소리.

3

어제는 보고 싶다 편지 쓰고
어젯밤 꿈엔 너를 만나 쓰러져 울었다.
자고 나니 눈두덩엔 메마른 눈물자죽,
문을 여니 산골엔 실비단 안개.

4

모두가 내 것만은 아닌 가을,
해 지는 서녘구름만이 내 차지다.
동구 밖에 떠드는 애들의
소리만이 내 차지다.
또한 동구 밖에서부터 피어오르는
밤안개만이 내 차지다.

하기는 모두가 내 것만은 아닌 것도 아닌
이 가을,
저녁밥 일찍이 먹고
우물가에 산보 나온
달님만이 내 차지다.
물에 빠져 머리칼 헹구는
달님만이 내 차지다.

깨끗한 추억이 살아있었는데, 여기

사람의 숨결이 들렸었는데.

변방 42

도시래도 공주 금학동
일락산 기슭 잡목림 속에서는
밤마다 밤마다
소쩍새가 우느니,

차건 달빛 아래
시린 별빛 아래
희미하게 희미하게
한 마리 소쩍새가 깨어 우느니,

술의 그늘
돈의 그늘
여자의 그늘에서도 끝내
쉬지 못하는 사내들의 넋들아,
깊은 잠 이루지 못하는 숙맥들아,

여기 와 잠시 쉬었다 갈지어다.
희뿌연 밤안개의 잡목림 속
여리기에 더욱 또렷한
소쩍새 소리의 그늘에 와 잠시
지친 눈 지친 다리 쉬었다 갈지어다.

89

앉은뱅이꽃

발밑에 가여운 것
밟지 마라,
그 꽃 밟으면 귀양간단다
그 꽃 밟으면 죄받는단다.

돌계단

네 손을 잡고 돌계단을 오르고 있었지.

돌계단 하나에 석등이 보이고
돌계단 둘에 석탑이 보이고
돌계단 셋에 극락전이 보이고
극락전 뒤에 푸른 산이 다가서고
하늘에는 흰구름이 돛을 달고 마악
떠나가려 하고 있었지.

하늘이 보일 때 이미
돌계단은 끝이 나 있었고
내 손에 이끌려 돌계단을 오르던 너는
이미 내 옆에 없었지.

훌쩍 하늘로 날아가 흰구름이 되어버린 너!

우리는 모두 흰구름이에요, 흰구름.
육신을 벗고 나면 이렇게 가볍게 빛나는
당신이나 저나 흰구름일 뿐이에요.
너는 하늘 속에서 나를 보며 어서 오라 손짓하며 웃고
나는 너를 따라갈 수 없어 땅에서 울고 있었지.
발을 구르며 땅에 서서 울고만 있었지.

버리며

그 전에 내가
그대에게 버림 받으며
가슴 아팠었는데
오늘은 내가 그대를
버리면서 또다시
가슴이 아픕니다
그 전에 그대가 나를
버리면서도 나처럼
가슴이 아팠었는지요…….

눈부신 세상

멀리서 보면 때로 세상은
조그맣고 사랑스럽다
따뜻하기까지 하다
나는 손을 들어
세상의 머리를 쓰다듬어준다
자다가 깨어난 아이처럼
세상은 배시시 눈을 뜨고
나를 향해 웃음 지어 보인다

세상도 눈이 부신가 보다.

약속

노랑이 만선滿船된 은행나무 뒤에 숨어
너는 기다리고 있었다.
자꾸만 그 쪽으로 가고파 하는 나를
너는 가만히 웃고 있었다.
은빛 날개 파닥이는 바다를 등에 진 채
......
그러나 너는 끝내 거기 없었다.

공주

조봇한 골목길이 있었는데, 여기
코납작집들이 있었는데
깨끗한 추억이 살았었는데, 여기
사람의 숨결이 들렸었는데.

옆자리

옆자리에 계신 것만으로도 나는
따뜻합니다
그대 숨소리만으로도 나는
행복합니다
굳이 이름을 말씀해주실 것도 없습니다
주소를 알려주실 필요도 없습니다
또한 그대 굳이 나의 이름을
알려 하지 마십시오
주소를 묻지 마십시오
이름 없이 주소 없이 이냥
곁에 앉아 계신 따스함만으로도
그대와 나는 가득합니다
보이지 않는
그대와 나의 가슴 울렁임만으로도
우리는 황홀합니다
그리하여 인사 없이 눈짓 없이
헤어지게 됨도
우리에겐 소중한 사랑입니다.

촉

무심히 지나치는
골목길

두껍고 단단한
아스팔트 각질을 비집고
솟아오르는
새싹의 촉을 본다

얼랄라
저 여리고
부드러운 것이!

한 개의 촉 끝에
지구를 들어올리는
힘이 숨어 있다.

시

마당을 쓸었습니다
지구 한 모퉁이가 깨끗해졌습니다

꽃 한 송이 피었습니다
지구 한 모퉁이가 아름다워졌습니다

마음속에 시 하나 싹텄습니다
지구 한 모퉁이가 밝아졌습니다

나는 지금 그대를 사랑합니다
지구 한 모퉁이가 더욱 깨끗해지고
아름다워졌습니다.

꽃잎

활짝 핀 꽃나무 아래서
우리는 만나서 웃었다

눈이 꽃잎이었고
이마가 꽃잎이었고
입술이 꽃잎이었다

우리는 술을 마셨다
눈물을 글썽이기도 했다

사진을 찍고
그 날 그렇게 우리는
헤어졌다

돌아와 사진을 빼보니
꽃잎만 찍혀 있었다.

변방 52

그리운 이여, 안녕?
지리한 장마 거쳐 찬란히 볕 드는 날
새로 피어나는 무궁화꽃 섶울타리를 배경으로
그대가 만약 생모시 치마저고리 차려입고 나와 계신다면,
방학이 되어 잠자리안경 서울에 벗어두고
고향으로 돌아가
석류꽃 새로 피어 울넘어 하늘을 보는
허물어진 돌담불길을 홀로 걷고 계신다면,
나는 시나대숲에 속살대는 바람 되어 가리.
열여섯 선머슴아이 머리칼인 양
부드럽고 향그럽게 숨쉬는
한 떼의 대숲바람 되어
그대 옷깃에 스미리.

변방 67

일락산 푸른
푸른 소나무
눈이 와
눈꽃 피어나면

우리는 둘이서
마주 보며 웃다가
두 눈에 눈물
맺기도 했었네.

일락산 상수리
상수리나무
까치 산까치
짝 지어 와 울면

우리들 두 마음
손을 잡고 푸른 하늘에
눈꽃 되어 피어
오르기도 했었네.

변방 69

일락산에 햇빛이 환하오.
음악관 앞 두 그루 버드나무 실가지에
연둣빛이 완연하오.
바람의 손이 무척 보드랍소.

상수리나무 삭정가지 끝에도
물이 오를 듯……

온종일 일락산을 바라 서 있고만 싶소.
온종일 숲길을 혼자
거닐고만 싶소.

그대 없이 맞이하는
봄이 서럽소.

미소 사이로

벚꽃 지다

슬픈 돌 부처님
모스라진
미소 사이로

누가 꽃잎이
눈처럼 날린다
지껄이느냐?

누가 이것이 마지막이다
영생토록 마지막이다
울먹이느냐?

너무 오래 쥐고 있어
팔이 아픈 아이가
풍선 줄을 놓아버리듯

나뭇가지가 힘겹게
잡고 있던 꽃잎을 그만
바람결에 주어버리다.

상록원

신시가 개발 예정지구로 들어가 있는
상록원
젊은 아이들 제 집처럼 찾아와
떠들고 웃으며 놀던 집
꽃이 있고
술이 있고
이야기가 있고
웃음이 있고
눈물이 있고
한숨이 있고
그리고 수족관이 있는 집
무엇보다 먼저 사랑이 있고
약속이 있고

음악이 있는 집
여름이면 온통 담쟁이덩굴에
뒤덮이는 집
비 오는 날 비 오는 것이 보기 좋고
금강물이 그대로 내려다보여 좋은 집
그러나 멀리서 보면 그냥
허름한 판자집 같은 집
머지 않아 헐릴 거라 그런다
헐려서 그 언덕 밤나무 소나무
그 숲 속의 낙엽 뒹구는 조그만 길
사라질 거라 그런다
그 날이 오면 우리의 사랑도 추억도
쫓기는 신세가 되지 않을까 몰라.

금학동 귀로

개구리 운다
청개구리 운다
집이 가까워졌나 보다

바람이 분다
시원한 바람이 분다
오늘도 늦었나 보다

물소리 들린다
맑은 물소리 들린다
집 식구들 기다리겠다.

단풍

숲 속이 다, 환해졌다
죽어 가는 목숨들이
밝혀놓은 등불
멀어지는 소리들의 뒤통수
내 마음도 많이, 성글어졌다
빛이여 들어와
조금만 놀다 가시라
바람이여 잠시 살랑살랑
머물다 가시라.

내가 사랑한 공주

눈길이 머무는 곳 숨결이 스치는 곳
비단실로 한땀 한땀 아로새긴 수틀이라!
저기 저 어여쁜 산하, 산도 좋고 물도 좋아

닭 벼슬 어우러진 계룡산은 어떠하고
천만 리 쓸어 내린 금강 물은 어떠하오
한반도 서러운 가슴 두 팔 벌려 안았네

오래 전 아주아주 오래고 오랜 옛날
곰 아가씨 울고 간 곰나루라 소나무 숲
아직도 솔바람 소리 곰의 사랑 애달파

둥그스름 자애로운 산과 들 허리춤에
집을 모아 발을 묻고 사람들 살아가니
어버이 다름없어라, 산과 들 강물 또한.